Meus Sentimentos

Vanildo R Barbosa

Vanildo R Barbosa

Meus Sentimentos

A imaginação é uma viagem sem fronteiras

Vanildo R Barbosa

Meus Sentimentos

Vanildo R Barbosa

Somos pedaços dos nossos pensamentos

Meus Sentimentos

Vanildo R Barbosa

Meus Sentimentos

Dedico este trabalho a uma pessoa muito especial:
Luzia Rodrigues Barbosa, minha Mãe, que, apesar
das dificuldades, nunca deixou de acreditar na
minha capacidade de adquirir conhecimentos e
realizar sonhos.

Vanildo R Barbosa

Meus Sentimentos

Sinopse

Com a paixão, os dias passam a ser mais intensos, você se motiva com as pequenas coisas e valoriza cada detalhe da pessoa envolvida. É quase que uma sensação que sufoca o coração e o respirar. Quando você percebe, já faz parte do seu corpo e da sua mente. Essa e uma historia fictícia qualquer fato que possa parecer verídico terá sido mera coincidência Araxá 2014 cidade natal do doutor Marcos Basílio medico pediatra e filho único do doutor Antônio Basílio clinico geral e a advogada trabalhista Helena Basílio ambos os filhos únicos herdeiros de muitas terras que trás ainda o pensamento de seus antepassados aonde os bens materiais vem em primeiro lugar mais importantes que os sentimentos do amor forçando Marcos Basílio a sair pelo mundo para desvendar seus sentimentos e a busca de um amor verdadeiro.

Cidade Araxá Fazenda Santa Luzia

Dezembro de 2013.

Meus sentimentos essa dúvida quem sou às vezes me instiga bate na minha cabeça me chama quando duvido de mim mesmo e especialmente quando acho que me sinto estranho por alguma razão incompreensível. Estranho em relação às minhas ações, às minhas palavras às minhas escolhas ao meu querer do amor é uma emoção ou sentimento que nos leva a uma pessoa a desejar o bem a outra pessoa ou amar o amor parece ser uma invenção dos deuses do pecado nos causa tantos sofrimentos ao contrário da crença comum de que o amor é algo fácil de ocorrer ou espontâneo, que deve ser aprendido ao invés de um mero sentimento não se aprende a amar como se fossemos a faculdade e escolhêssemos uma profissão e dizer eu gosto mais dessa o que acontece é uma química que deve ser observada para que possa se desenvolver pois é um sofrimento do bem ou do mal, tal como a própria vida ele diz se amarmos seremos amados mas como saberemos a hora de amar a pessoa certa. Isso me acontece em certos momentos e então eu duvido de mim mesmo me sentindo de alguma forma diferente ou estranha creio não ser o único a sentir essa estranheza às vezes eu saio a andar pelo pasto onde havia vacas leiteiras e muitos cavalos algumas galinhas de angolas disputando os grilos saltitantes e sentava em cima de monte de cupim para tentar entender o mundo ao meu redor onde só via animais aves pássaros nuvens correndo com o vento e um horizonte de olhar infinito. Muitos dos meus sentimentos me faziam a mesma pergunta e acrescento ainda eu gostaria de ser diferente, mas minha avó dinda foi minha educação e minha religião ou eu poderia ter agido de forma diferente se meus pais não fossem tão ausentes hoje eu entendo posso dizer com convicção que meus sentimentos estão juntos com os sentimentos da minha dinda quando eles me colocavam esse tipo de pergunta me debruçava sobre o meus pensamentos a respeito dos pros e dos contra de meus pais para ver se conseguia esclarecer suas dúvidas passo analisar então com cuidado por que cada dia que finda eu estou mais próximo da morte e continuo vendo minha avó como um adolescente velho enfrento essa complexa personalidade devo atender aos pedidos dos meus pais viver meus sentimentos ou viver os sentimentos deles que pode ser resumido em partes o jeito sentimental da minha personalidade e o que define o meu eu interior e verdadeiro que precisarei desenvolve-lo nessa encarnação a feição formada do meus sentimentos construído através da interação com nossos sentimentos relacionados com nossos entes o que eu represento procuro me expressar e satisfazer os desejos do meu coração e por último o meio da intenção principal que indica o meu objetivo meus sentimentos e eu não consigo despertar da maneira que querem somente uma parte do meu eu concorda sobre essa linha de raciocínio sobre a qual minha resposta àquela primeira indagação se eu encontro harmonia entre formar uma família com os sentimentos deles ou os meus posso dizer que eu terei uma personalidade mais equilibrada e dificilmente se porá a questão quem sou eu realmente porque estou construindo esses pensamentos sobre meus sentimentos desde de quando me conheço por gente não quero viver com sentimentos alheios. Uma manhã de céu limpo de vez em quando eu olhava para ele entre as folhas do parreiral para tentar ver alguma nuvem passeando estava limpo e o sol prometia um dia de calor escaldante e abafado essa e minha cidade onde o chapadão a região mais erguida do que qualquer começo de relevo sem fim. Onde os primeiros povoados da região foram para o pé do morro uma pequena vila, no distrito de Araxá grande de importância histórica, centro dos arredores onde oferecia aos desbravadores da região ouro em abundância, mas com o passar do tempo foi perdendo o interesse, com a escassez do ouro, vindo a ser mais tarde um simples distrito de muito sossego onde os garimpeiros tinham sido atraídos pela exploração dos minerais e que posteriormente, com a decadência da mineração, alguns se emigraram e outros permaneceram moradores ficaram e dedicaram-se à criação de gado e lavoura. Mas foi entre mil setecentos e setenta e mil setecentos e oitenta que o distrito de Araxá começou a receber seus primeiros moradores com seus familiares foi quando surgiram as primeiras fazendas da região onde a minha família tem passado de geração em geração e onde estamos ate hoje minha avó fala que sou da terceira geração responsável por manter essas terras nas mãos da minha família onde se iniciou com a criação de gado, mas hoje em dia estamos com a lavoura de café e uma pequena plantação de uva para a produção de vinho e algumas vacas leiteiras. Descoberta a fertilidade da terra e o sal mineral nas águas desse distrito onde, o povoamento de Araxá se intensificou mais em mil setecentos e oitenta surgindo um povoado em um rancho de tropeiros na passagem de gado que ia ao terreno salitroso onde o gado e os animais de caça se nutriam de sal o lugar havia cristais de salitre, mas em mil setecentos e noventa foi criado o vilarejo de São Domingos do Araxá e nomeado o primeiro vigário. Araxá era a cidade mais antiga de Minas Gerais bela e tediosa, mas eu a amo isto é todo o vilarejo do triângulo Mineiro e Alto Paranaíba. Em mil setecentos e noventa e cinco teve a construção da primeira Igreja conhecida como matriz de São Domingos do Araxá, que teve suas obras concluídas em mil e oitocentos. As capitanias de São Paulo e Minas do ouro foram criada em mil setecentos e nove e separada em mil setecentos e vinte nove com a delimitação da capitania de Minas Gerais. Na segunda metade do século dezoito a região do triângulo Mineiro foi anexada a Goiás, atendendo a um movimento dos moradores do município. A Freguesia de São Domingos é elevada a Julgada de São Domingos de Araxá, em vinte de dezembro de mil oitocentos e onze desmembrando-se do estimado povoado. A partir de janeiro de mil oitocentos e doze começou a exercer jurisdição civil e criminal, possuindo sua comarca própria. Em mil oitocentos e dezesseis graças ao esforço dos moradores pelo movimento do Araxá a região e separada de Goiás e anexada a

Minas Gerais, ficando sob o poder de outro estado. Em mil oitocentos e trinta Araxá se declara independente da outra jurisdição, e constitui sua câmara e elege seu primeiro presidente, em quatro de abril de mil oitocentos e trinta e um o governo acata o que acontecera e o julgado é elevado à vila. E em dezenove de dezembro de mil oitocentos e sessenta e cinco a lei do município de numero mil duzentos e cinquenta e nove eleva a vila de São Domingos de Araxá à categoria de cidade em mil novecentos e quinze foi criada a prefeitura. Os museus da cidade de Araxá onde mostram muito da nossa interessante história sempre que posso eu vou com a minha avó Dinda visitar. O nome Araxá é um nome indígena que significa primeira vista para o sol Araxá era uma pequena tribo aculturada, que foi aldeada nas margens do rio grande para tentar dar proteção aos viajantes. A ameaça eram os índios caiapós que habitavam a região em nove anos a indefesa tribo Araxá foi dizimada e extinta pelos caiapós. O limite das terras abandonadas próximas do município ocorreu em agosto de mil setecentos e oitenta e cinco neste local dos sertões do Araxá, debaixo da serra do mesmo nome, fincaram uma pedra em sentido aprumada com quatro ou mais testemunhas para o norte, sul, leste e oeste de lá partiram em direção ao oeste, medindo dois mil e setecentos e vinte e dois de dois metro e vinte cada uma, onde fincaram a segunda baliza daí seguiram em direção ao norte onde fincaram a terceira baliza defronte a fazenda do campo aberto daí seguiu em direção ao nascente, na Fazenda pão de açúcar onde fincaram novamente a quarta baliza, e deste a quarta baliza em linha reta até o marco peão no município mais próximo. Essa foi à baliza de fronteira do lote de terra abandonado do município de Araxá bom pelo menos e o que minha avó diz sempre que foi o que nossos antepassados haviam ensinado a ela. Araxá tem na sua formação geológica muitas riquezas minerais como as águas sulfurosa e eletromagnética, o nióbio e a apatita. Na região quilombola viveram animais vertebrados pré-históricos há milhares de anos. Nessa região, formou-se um dos maiores quilombos de Minas Gerais, o quilombo do Ambrósio. Os colonizadores aqui foram atraídos pelo sal natural das águas da vila. A prática da pecuária foi o motivo básico dessa ocupação, seguida por atividades paralelas como o comércio dos tropeiros e mercadores e a agricultura. Com todo esse legado cultural Araxá é ainda uma cidade turística e o valor das suas águas e da lama termal a fez tornar-se uma estância hidromineral. Enquanto cidade histórica, Araxá possui águas e lama medicinais, famosa pelos banhos terapêuticos. Têm no hotel do município de Araxá e no Cristo redentor seus pontos turísticos mais conhecidos e apreciados sem contar nos seus produtos artesanais. A história da árvore dos enforcados era a que mais me encantava quando eu era adolescente minha avó sempre me contava historias dela antes de eu ir dormir. A história da árvore dos enforcados é interessante, muitos turistas que vem a cidade passam por ela atualmente a árvore é formada apenas de grossos galhos secos, o que nos mostra com mais realismo a tristeza que pairou sob seus galhos minha avó dizia que as pessoas comentavam que nessa arvore eram enforcados escravos fugitivos como e linda essa cidade conhecer a árvore e sua história e maravilhoso nas proximidades tem o museu da cultura negra, além de ser caminho para mirante do cristo de lá se vê grande parte da cidade e essa árvore onde segundo a lenda pessoas foram enforcadas também faziam pedidos acreditando que a alma dos enforcados tinham poderes para realiza-los está árvore possui muitos mistério em sua história e a igreja não consigo deixar de recordar essa igreja que todos os finais de semana eu acompanho minha avó na missa de manhã altar maravilhoso igreja muito linda, toda reformada, com o altar todo pintado, maravilhoso fica ao lado do grande hotel e de uma simplicidade que conquista e empolga uma delícia o entorno da Igreja, que se destaca em seus tons amarelados. Passear no seu interior e uma viagem ao passado tem a leveza da fé e a simplicidade necessária para nos deixar a vontade deliciando a bela pintura no altar simples, porém emocionante. Embora seja uma capela, é muito grande e bonita participamos da missa num dia desses, muito bem presidida pelo padre e bem participada, excelente coro de cantos linda capelinha simples, mas muito charmosa, possui um painel lindíssimo atrás do altar que representa várias passagens bíblicas capela humilde e simples não sei se esta capela atrai muitas pessoas locais pela missa ou por sua beleza interna eu particularmente confesso que acompanho minha avó para apreciar sua beleza interna, mas os turistas vão não para devoção, mas apenas para tirar fotos e conhecer esta capela simples e bem conservada sempre estava cheia. É uma capela em um bairro rural, porém de grande atração turística, pois fica perto de duas importantes fontes da cidade e perto do maior e melhor hotel da região. Tem uma arquitetura simples, mas é bonita e acolhedora, cheia de religiosidade há como e bom lembrar-se dessa cidade quando eu deito em baixo do parreiral de uva nesse banco de madeira de lei e como se eu voltasse no tempo.

E da janela do casarão ouve se gritos ei Basílio, Basílio o meu neto está me ouvindo, Basílio.

Oi vovó já vou, vó too indo.

Benção vovó tudo bem?

Tudo bem meu Basílio o que fazia tão cedo e tão pensativo deitado naquele banco de madeira duro lá no parreiral.

Eu vó estava lá no passado tentando entender meus sentimentos acredita vó eu estava me lembrando de também da historia que a senhora conta de quando surgiu nossa cidade dos lugares que nos visitamos e ainda vamos hoje sinto saudades vó como e bom recordar.

E bom meu neto recordar também e viver então se senta comigo quero falar com você um pouco me deixe contar mais uma historia para você.

Mas e claro Dinda o que tem de bom hoje.

Você vai gostar Basílio, mas peço que não me interrompa você sabe na minha idade posso esquecer onde parei.

 E vovó eu sei a senhora vai me contar mais uma historia do seu passado, de novo, tudo bem eu tenho tempo de sobra para ouvi-la vamos lá.

Que bom meu neto, mas a historia de hoje e verdadeira vou falar um pouco de pessoas que salvam vidas prestando serviço voluntario pelo mundo afora que teve inicio em mil novecentos e setenta e um na França o seu pai prestou serviço humanitário a essa organização.

Já estou curioso vó pode começar então.

Não me interrompa Basílio minha memoria não esta muito boa, mas antes vá buscar um café quente para-nos.

Só um momento vó vou pegar nosso café vovó essa historia a senhora ainda não me contou não e vó.

Bom eu acho que não essa historia não e para você dormir Basílio ela e verdadeira e eu não estou caducando meu neto.

Eu sei vó estou brincando com a senhora.

Foi em meados dos anos setenta

Uma organização de médicos sem fronteira foi criada em mil novecentos e setenta e um lá na França, por jovens médicos e jornalistas, que atuaram como voluntários no fim dos anos sessenta na Nigéria. A República do bi afra que era um estado separatista no sudeste da Nigéria habitado principalmente pelo povo da província de cabo delgado em Moçambique que existiu de trinta de Maio de mil novecentos e sessenta e sete a quinze de janeiro de mil novecentos e setenta. O isolamento foi comandado pelos Os igbos sotaque ibos era um dos maiores grupos étnicos africanos. Que habitavam o leste, sul e sudeste da Nigéria, além de Camarões e da Guiné Equatorial. Foi um dos povoados mais atingidos pelo comércio transatlântico de escravos. Em mil novecentos e sessenta e sete, apoiados por uma multinacional francesa, declararam independência da região leste da Nigéria, constituindo a república de bi afra. Onde existiu fome generalizada na região, guerra civil, o que acabou levando à derrota dos igbos no conflito em questão. Amparados pela transnacional francesa, dadas às tensões económicas, étnicas, culturais e religiosas entre os vários povos da Nigéria e a criação do novo país, batizado segundo a enseada do bi afra a baía atlântica no sul, esteve entre as causas para a guerra civil Nigeriana, também conhecida por guerra Nigéria, bi afra, ou ainda guerra do bi afra. O bi afro foi reconhecido por alguns países, mas algumas nações não deram reconhecimento oficial, mas providenciaram assistência e apoio. Ao bi afra que também recebeu ajuda de organizações não governamentais. Na Nigéria enquanto socorriam as vítimas em meio a uma guerra civil brutal, os profissionais perceberam as limitações da ajuda humanitária internacional a dificuldade de acesso ao local e os entraves burocráticos e políticos, que faziam com que muitos se calassem, ainda que diante de situações berrantes. Médicos sem fronteiras surgem, então, como uma organização humanitária que associa ajuda médica e sensibilização do inegável sobre o sofrimento de seus pacientes, dando visibilidade a realidades que não podem permanecer negligenciadas. Em mil novecentos e noventa e nove a organização recebeu o prêmio Nobel da paz. A atuação de Médicos Sem Fronteiras é, acima de tudo, médica. A organização leva assistência e cuidados preventivos a quem necessita, independentemente do país onde se encontram. Em situações em que a atuação médica não é suficiente para garantir a sobrevivência de determinada população como ocorre em casos de extrema urgência a organização pode fornecer água, alimentos, saneamento e abrigos. Esse tipo de ação se dá prioritariamente em períodos de crise, quando o equilíbrio anterior de uma situação é rompido e a vida das pessoas é ameaçada. A atuação da organização respeita as regras da ética médica, em particular, o dever de oferecer auxílio sem prejudicar qualquer indivíduo ou grupo e a imparcialidade, garantindo o direito à confidencialidade. Ninguém pode ser punido por exercer uma atividade médica de acordo com o código de ética profissional, não importando as circunstâncias, nem quem são os beneficiários e isso meu neto espero que tenha gostado dessas informações Basílio. Obrigado vovó fiquei encantado pela historia desses heróis, mas para mim foi surpresa o meu pai nunca comentou sobre isso. Mas que fique sendo nosso segredo meu neto ele não gosta de falar sobre esse assunto.

Esta bem minha querida vovó será nosso segredo.

Três meses depois de ficar sabendo da organização dos médicos sem fronteiras pela minha vó tomei uma decisão muito importante

Então em março de 2014 conhecendo as ações dos médicos sem fronteiras juntei parte da minha economia cancelei todos os meus contatos de redes sociais e meu telefone e fui viajar pelo mundo fui colaborar com meu trabalho voluntario e fugir de sentimentos alheios que tentava me direcionar para caminhos não aceitos pelo meu coração. Sérvia dois mil e quatorze meu nome e Marcos Basílio eu vim do Brasil mais precisamente da cidade de Araxá tenho trinta anos sou medico pediatra meu pai e cardiologista minha mãe advogada trabalhista ambos de famílias muitas ricas e respeitados no Brasil sai de casa para fugir da intervenção dos meus pais em minha vida pessoal e sentimental sempre me dediquei aos estudos não tive infância me formei novo após isso me dediquei ao trabalho parti para área da medicina por influência do meu pai autoritário que vive seu relacionamento com minha mãe por indicação do meu finado avô mesmo não a amando vive uma vida a dois para manter a tradição dos seus antepassados os dois foram coniventes sem me avisarem em um jantar de fim de semana como sempre faziam me apresentaram a uma família conhecida deles como o namorado da filha desse casal para minha surpresa nem ela sabia Barbara era seu nome uma mulher encantadora bonita olhos verdes lábios carnudos alta de cabelos longos e loiros uma bela mulher mas não tive coragem de brincar com os sentimentos daquela jovem fiquei muito triste e envergonhado com a atitude da minha família que se tornou habito deles em tentar viver meus sentimentos e a dela por deixarem os sentimentos do amor de lado para pensarem somente nos bens materiais minha avó dinda sempre me ensinou os melhores exemplos de uma vida em família o amor está na pessoa que procede com justiça suas atitudes provando ser correto, decente, honesto e íntegro em tudo que faz ainda mais quando se cumpre os mandamentos da igreja como fala minha avó Dinda já o sentimento desse amor é um ato ou efeito de apenas sentir então se eu não senti nada por aquela mulher não seria justo dar-lhe esperança de um sonho que não iria se realizar e evidente que ela também pensaria da mesma forma que eu dessa forma não iriamos perder tempo nos enganando com o passar do tempo com algo que nos traria somente realizações materiais a felicidade desse sentimento não se inventa ou se arruma ele simplesmente surge como uma química misteriosa que só reage quando suas duas partes verdadeiras se encontram no meio do nada ou do tudo. sem me despedir alguns dias depois sai de casa deixando apenas um bilhete com a seguinte frase –

Estou indo embora tentar me entender e a procura de um amor –

 Fui prestar serviço voluntario com os médicos sem fronteiras e no fim de dois mil e quatorze eu cheguei com uma equipe de médicos sem fronteiras à Sérvia consciente do fato de que milhares de pessoas que precisam de ajuda eu estavam viajando pelo país a caminho do norte da Europa. Os frios dos meses do inverno representavam um grande risco para as pessoas obrigadas a dormir ao relento era um frio terrível eu acostumado com um verão de mais de quarenta graus de repente uma mudança brusca de temperatura ate a alma sentia a dor do frio eu queria ajudar pessoas mas estava também buscando ajuda alguém para amar tentar viver meus sentimentos parecia loucura procurar por um amor em um ambiente tão hostil como guerra terremotos fomes o que eu tinha certeza era que o amor não tinha fronteiras e nem um lugar certo para encontralo . Nossa equipe descobriu que os imigrantes que precisavam de ajuda sem documentos não estavam sendo devidamente achados e amparados em consequência do seu grande número. Com ajuda das autoridades, nossa equipe reparou, reformou e construiu banheiros e chuveiros nos dois centros temporários de acolhida localizados nas proximidades de Belgrado. Em fevereiro de dois mil e quinze nossa equipe começou a prestar assistência médica para imigrantes e quem precisava de amparo em outro, vilarejo, a cerca de cem quilômetros da capital Belgrado e também em um perto da fronteira com a Hungria. Administramos alguns ambulatórios móveis e distribuímos cesta básica especialmente desenvolvida para pessoas em circulação, contendo itens de primeira necessidade para centenas de pessoas. As cestas continham itens de higiene, alimentação e sobrevivência, pasta de dente a panelas, e foram organizadas para responder às necessidades das pessoas que estavam em caminhada podia sentir pelos seus olhares o amor e a gratidão ao receber aquela ajuda. Os problemas de saúde mais comuns atendidos pela equipe eram doenças respiratórias e de pele em geral, decorrentes do mau tempo e das condições sanitárias precárias e ferimentos musculares e ósseos. Havia também pacientes sofrendo de doenças crônicas, como hipertensão e diabetes, sem os medicamentos necessários. Por isso, nos oferecemos a eles suprimentos para durarem até o próximo destino tantas coisas ruins eu estava presenciando o sofrimento de tantas pessoas que só estavam tentando sobreviver e salvar suas famílias que estavam em êxodo não por vontade própria, mas obrigados àquela situação cada dia que eu presenciava todo aquele sofrimento mais pressa eu tinha de encontrar a outra parte do meu amor. Tive de cruzar muitos países para chegar aqui uma temporada no Irã, onde vi muitas mortes e destruição de perto depois Turquia onde a tristeza me fez refletir de como a vida e tão curta para deixarmos de viver um pouco do amor que nos resta no coração e, finalmente, Sérvia onde já estou planejando a minha volta para o Brasil minha terra natal Minas Gerais lá na encosta do morro Araxá. A fronteira entre Irã e Afeganistão foi a mais perigosa em que estive a serviço onde fui detido por alguns dias na Bulgária pensei ate que não sairia vivo daquele lugar onde a vida do ser humano pouco se valia as vezes me perguntava em pensamentos o que eu estava fazendo nesse lugar procurando por sentimento quase que extinto o amor. Estou aqui na Sérvia há pouco mais de um mês, e todos os dias tento cruzar a fronteira mas ainda não consegui. Sempre que fracasso não tem escolha senão voltar para cá, não tenho mais para onde ir. Faz muito frio e mal consigo dormir à noite rezo antes de adormecer pedindo a Deus para que me guie de volta a meu país meu amor não pode estar em um lugar como esse onde pouco se vê o sorriso das pessoas. Muitas vezes, a imagem agregada a esses médicos sem fronteiras é a do médico arriscando sua vida para realizar cirurgia em tempos de guerra ou a da enfermeira cuidando de uma criança desnutrida. É verdade fornecer cuidados de emergência às populações em perigo e necessidade é um desafio em si, mas isso nem sempre é tão impressionante e heroico quanto parece. Antes de iniciar as etapas para trabalhar com os médicos sem fronteiras no exterior, devemos compreender as razões que nos leva a tomar essa decisão. Não me perguntei se realmente estava idealizando um trabalho em campo ou, de fato, estava fazendo uma escolha baseada em reflexão dos meus sentimentos do coração ou se estava buscando uma motivação de meus valores sentimentais se estão realmente em concordância com esse projeto ou talvez pagando por um pecado ainda não cometido. Eu não levei em consideração o estresse e as dificuldades frequentemente enfrentadas pelos profissionais da organização em campo admiro muito esses profissionais, mas confesso que já não consigo mais continuar. Atualmente, a organização mantém projetos em mais de sessenta países em meio a situações de conflitos armados, epidemias, desastres naturais e exclusão do acesso à saúde. Cada um dos projetos tem sua particularidade e, em todos eles, a segurança das equipes e dos pacientes é aspecto fundamental para os médicos sem fronteiras. Entre os profissionais, a diversidade cultural é uma constante e a flexibilidade para adaptar-se às adversidades que possam surgir é uma característica essencial. Quando cheguei para trabalhar com a organização em projetos de campo, acomodação era a palavra de ordem alimentação, habitação, ritmo de vida, lazer, língua e colegas. Um novo estilo de vida eu aprendi em que a privacidade e o tempo livre eram raros. Às vezes tínhamos de compartilhar nosso quarto e o banheiro, e que a prática de esporte tinha de esperar o fim da nossa jornada com organização. Os projetos dos médicos sem fronteiras às vezes eram localizados em regiões cujas condições meteorológicas nem sempre eram brandas calor ou frio extremo, altos índices de umidade, chuvas ou clima desértico. Viver em uma cabana feita de barro sem ventilador ou ar-condicionado, tolerar zumbidos de insetos, ter de lidar com uma fonte de energia restrita e variedade limitada de alimentos por meses. Esse era o cenário ideal para fazer uma reflexão da vida como um todo foi a maior experiência de vida que vivi os conhecimentos adquiridos não tem preço em pouco mais de três anos a sensação era que o tempo parava. Por outro lado, eu lembrava que tinha sido beneficiado com o conforto de um casarão espaçoso, que havia alguém para cozinhar e arrumar, minha avó Dinda para me contar historia enquanto as pessoas recebiam ajuda desse meu projeto sobreviviam à duras penas. Algumas pessoas têm dificuldades em conviver com tal absurdo eu já estou há muito tempo longe da minha família tentando entender como meus pais estão reagindo a minha decisão de ter saído de casa para buscar o amor e acreditar que eles tenham mudado seus pensamentos a respeito desse sentimento tão grandioso. Eu tive a capacidade de abandonar meu conforto material por um longo período, também estive longe da minha família e amigos por vários meses e a comunicação através de telefone e redes sociais não usei mais eu já conseguia viver uma vida simples. Trabalhar em meio a uma cultura desconhecida pode, por vezes, nos levar a equívocos. Conceitos como pontualidade, responsabilidade e respeito ao espaço de cada um podem variar, e muito, de acordo com a cultura do país em que se está. Sabia que, mesmo já tendo experiência fora do meu país de origem, este conhecimento não garantia a minha adaptação em um projeto com a organização. A tolerância com as pessoas que pensam e agem de formas diferentes da minha foi primordial. Trabalhar nos projetos de campo significava entre outras coisas deixar meus entes queridos durante algum tempo geralmente, entre seis e doze meses mais eu fiquei mais que isso. Alguns veem o trabalho humanitário como uma válvula de escape para problemas pessoais, mas a fuga nunca é uma boa ideia o impacto causado em minha ausência por mais de dois anos na minha vida pessoal longe da minha família foi fulminante uma mudança inexplicável surgiu eu já estava preparado para viver em uma sociedade de classe bem mais inferior que a da minha família sem sofrer pela falta do dinheiro. Eu não levei em consideração também o efeito que um dia de trabalho difícil poderia causar sobre a minha felicidade. A experiência em um projeto humanitário esta sendo certamente emocionante, mas tem consequências. O trabalho em campo deixa marcas. Atuar com ajuda humanitária em situações de emergência significa um aumento do nível de estresse. Vários fatores podem criar um clima desconfortável e desmotivar a tensão entre membros da equipe, problemas de saúde, o afastamento da nossa família e amigos, o sentimento de insegurança, frequentes mudanças no projeto, por vezes difíceis relações com as autoridades locais, as condições de vida básicas e até mesmo a alimentação eu já estava esgotado não conseguia mais ficar com a organização. Eu vivia e trabalhava em grupos de três a dez pessoas por longos períodos de tempo e já não conseguia colocar minhas prioridades e problemas pessoais de lado para realizar o meu trabalho então decidi voltar ao Brasil para encontrar meu amor naqueles lugares não estava e construir uma família antes que eu perdesse o amanhã. Nem todos os projetos dos médicos sem fronteiras estão em locais inseguros, mas podemos ser chamado para viver e trabalhar em países instáveis onde nossa vida pode estar em perigo. No entanto, para cada projeto, várias reuniões técnicas, planos, diretrizes e guias eram definidas para minimizar os possíveis riscos. Quando estamos trabalhando em um projeto, profissional devemos entender que estamos representando médicos sem fronteiras dia e noite, sete dias por semana, mesmo durante nosso tempo livre. É importante lembrarmos que cada um também é responsável pela própria segurança bem como a da própria equipe. As regras de segurança dos médicos sem fronteiras limitavam nossa locomoção e nossa interação com a população local fora dos horários de trabalho. Às vezes podia acontecer de ter, inclusive, de respeitar medidas como toques de recolher ou até ser obrigado a permanecer no alojamento dos médicos sem fronteiras. O trabalho com os médicos sem fronteiras era um compromisso, não uma simples aventura. Como profissional estrangeiro em outro país, eu me tornei solidário às pessoas em situação vulnerável por todos os lugares que estive. Minha presença nos momentos difíceis ao lado destes homens, mulheres e crianças me fez uma grande diferença e tive certeza que essas pessoas não iriam cair no esquecimento então em janeiro de dois mil e dezesseis me despedi dos amigos que fiz nessa jornada de aprendizagem sentimental e física e voltei para minha família no Brasil já estava com muita saudade da minha vó que quase todos os dias me contava uma historia.

Quando o avião aterrissou no Brasil mais precisamente em Minas Gerais em seguida eu fui em direção a cidade de Araxá para a fazenda Santa Luzia de propriedade de meus pais apreciando cada metro daquela estrada onde curva e mais curvas morros e montanhas se desenhavam em minha frente estava com tanta saudade daquele lugar que se quer conversei com o motorista senti um alivio na alma que parecia que levava um fardo pesado de sentimentos de culpa que carreguei por um longo período não sabia se era por culpa de ter saído de casa sem me despedir de meus pais e minha avó em dois mil e quatorze ou por não ter encontrado minha alma gêmea o amor da minha vida ainda aquela parte estranha que sentimos ao encontrarmos nossa metade que nos faz ter um motivo para viver intensamente cada minuto nessa vida.

Era nos primeiros meses de dois mil e dezesseis triangulo mineiro como e bom estar em casa fazenda Santa Luzia estado de Minas Gerais no belo, mas tedioso município de Araxá, as margens do rio Tamanduá, a pouca distância da vila mais próxima havia uma bela e maravilhosa fazenda onde nasci eu estava retornando com muita saudade para meu imenso e solitário lar e na alegre companhia da minha avó Dinda após dois longos anos fugindo do destino ajeitado por pensamentos alheios e de serviços voluntários nos médicos sem fronteiras. Era um casarão de tijolos de barro a vista de harmoniosas dimensões, espaçoso e belo com portas e janelas de madeira de lei enormes situado em um agradável pé de serra à encosta de elevados montes e planaltos coberto de pés de café e um vinhedo enorme de mata em parte destruída pelo motosserra do caseiro. O casarão apresentava a frente do pé do morro entrava-se nele por uma grande escadaria envolvida de flores trepadeiras, ao qual se subia por degraus de pedras. Os fundos eram ocupados por outras casas de moradores que prestavam serviço a família vinícola currais com enormes celeiros, por trás dos quais se estendia o jardim, a horta da vó Dinda, e um imenso pomar onde às vezes eu sentava longas tardes de sábados na companhia da minha querida vó, que ia finalizar ao pé do morro.

Era uma linda e calmosa manha de neblina onde o sol surgia meio tímido no horizonte quando do interior do taxi avistei a grande porteira onde estava entalhada na madeira de lei fazenda santa Luzia, que dava acesso ao casarão pode avistar também sinhá Maria e o sinhozinho João eram os caseiros mais antigos que prestavam serviços a minha família eram responsáveis pela minha avó Dinda e estavam a minha espera logo que cheguei ao aeroporto eu os avisei que estava chegando.

Desci apanhei minha mochila com poucas mudas de roupas e paguei o senhor do taxi me despedi e sai em direção da sinhá Maria e sinhô João que já abria a porteira e correram em minha direção ao pisar naquelas terras senti uma enorme tristeza que me arrepiou todo o meu corpo em seguida olhei bem não avistava minha avó Dinda, mas notei nos semblantes de sinhá Maria e sinhô João os caseiros que lagrimas desciam em seus olhos corri em direção dos mesmos sem nada a perguntar eles me abraçaram fortemente e em choro só lamentavam nos fizemos tudo que estava ao nosso alcance sinhozinho Basílio.

Eu os indaguei do ocorrido.

Responderam-me em lagrimas corra sinhozinho Dinda esta acamada esta a sua espera meu filho para partir ela estava prevendo sua chegada esta no leito da morte em suas orações só pedia por você.

–indaguei meu deus não pode acontecer larguei tudo e sai em disparada ao casarão poucos minutos depois estava no interior do casarão suado ofegante e sem palavras a avistei em sua cama fazendo suas orações na hora da morte a abracei aquele corpo frágil, mas lucida ainda pela idade já avançada bocejou em meu ouvido.

E você Basílio meu deus ouviu-me meu neto amado por onde andava.

– A respondi em lagrimas sou eu vovó me perdoe me perdoe vovó não quero que morra a senhora e tudo que tenho Dinda.

–Ela bocejou com muito esforço não me peça perdão Basílio eu li o bilhetinho que você deixou a encontrou a trousse.

Não vovó o amor não estava por onde andei havia muito sofrimento naqueles lugares e a saudade da senhora foi maior.

 Continue a procura do seu amor encontre uma boa esposa e tenha muitos filhos que eu já estou pedindo a deus há muito tempo para que algum deles faça você lembrar se de mim deus te abençoe meu neto querido. –Ela continuou abraçada em mim com suas orações em meu ouvido e antes que eu se manifestasse senti que ela estremeceu como se algo a abandonasse e tudo cessou restando apenas um grande silencio e um vazio tomou conta do meu coração encerrava ali sua participação nesse mundo material .

A morte

Pouco tempo se passou meus pensamentos foram despertados por sinhá Maria e sinhô João que acabara de adentrar no quarto e que tentara tirar os braços que estávamos entrelaçados pelo o abraço apertado que me dera na anciã da sua morte.

 Levanta sinhozinho Basílio ela já partiu deus a levou não chore Basílio ela nada sofreu sinhozinho fazia uns três dias somente que estava acamada não se culpe ela sempre dizia que você tinha o juízo certo se levante e vá descansar da viagem que vamos preparar o corpo e cuidar do velório e avisar seus pais que estão a trabalho na capital .

 Indaguei sinhá Maria se podia falar um pouco com sinhô João antes mesmo de terminar ela disse vá lá fora ele tem algo a lhe dizer a pedido da sua avó Dinda.

-Obrigada Sai do quarto e deixei minha avó Dinda aos cuidados de sinhá Maria e fui à companhia do sinhô João que me aguardara nos fundos do casarão embaixo do vinhedo que ela ajudava a cuidar.

- Sente- se doutor Basílio o sinhozinho deve estar cansado da viagem.

-Obrigado sinhô João, mas por gentileza não precisa de cerimonia me chame de Basílio ou Marcos o senhor e a sinhá Maria ajudaram a me criar e educar me diz o que se passou com minha avó Dinda.

Muito bem Basílio eu vou dizer a você o que sua vó Dinda passou me dizendo nos últimos dois anos e não precisa chorar.

– Desculpa sinhô João, mas a vovó Dinda era mãe e pai para mim e eu não dei valor à companhia dela enquanto estava viva.

– Basílio eu só vou repetir aquilo que ela me falava todos os dias durante os dois anos que esteve ausente era bem assim todos os dias –

Marcos Basílio eu já estou velha demais sinto que já estou no fim gostaria muito de conhecer ao menos um bisneto o seu pai e sua mãe esta acabando com nossa geração quando deixou a família para trabalhar e trabalhar para acumular bens você não tem tios por parte de pai e nem por parte de mãe essa herança maldita partiu do seu avô meu esposo Antônio que morreu cedo que me deu somente um filho seu pai Antoninho que herdou ate o nome dele sem contar que o tempo que viveu foi para colocar na cabeça dele que você tinha que arrumar alguém para viver junto que tivesse dinheiro para manter o que havia herdado e acumulado e para ajudar ele acabou conhecendo sua mãe Helena que veio lá sul filha única e com a mesma mentalidade dele se casaram e só deixou você de herdeiro de todas essas terras que pertence a família a três gerações pelo amor de deus Marcos Basílio eles não se preocuparam nem mesmo com sua educação quando ficaram sabendo por mim que você havia saído de casa por não compartilhar com os mesmo pensamentos deles a respeito da formação da família eles disseram que foi eu a culpada e que seria bom para você passar um pouco de dificuldade para aprender a dar valor nos bens que você usufrui e não da valor .

- Mas sinhô João foi isso mesmo que ela pediu para senhor me falar.

– Sim Basílio eu sei que dói muito, mas só estou repetindo o que ela me falou durante os dois anos que o senhor ficou fora não terminei ainda Basílio.

– Pode continuar sinhô João

– Após ter dito a ela as barbárie a culparam da sua fuga e que se acontecesse algo de mal a você ela seria a responsável e no dia seguinte foram embora para a capital durante todo esse tempo não a visitaram uma vez se quer disseram a ela para procurar por eles somente quando você retornasse para casa desculpe Basílio, mas no dia da discussão eu presenciei tudo eu fiquei muito triste com o acontecido, mas sou apenas um serviçal e nada pode fazer, mas em momento algum ela fraquejou se quer abaixou a cabeça foi forte o tempo todo e disse a eles. Com convicção que você não iria deixar a família entrar em extinção ela falava em você o tempo todo ela tinha muito orgulho de você por pensar diferente de seus pais quanto à família.

Sabe sinhô João o significado da palavra saudade.

Eu não tenho ideia do que você esta falando Basílio.

Pois e eu estou conhecendo ela mais profundamente agora sabe nunca desejei um abraço dela como estou desejando agora companheirismo sorrir das brincadeiras tão carinhosas como estou desejando agora nunca quis tanto que os olhos dela estivessem voltados apenas para mim confiança nunca eu senti segurança em palavras que eram ditas e guardadas como estou sentindo agora o amor bom eu não o conheço tão bem, mas espero passar a minha vida toda com ela em pensamentos foi ao lado dela que descobri o real significado do verdadeiro amor Saudade, depois de um tempo a gente entende o verdadeiro significado dessa palavra. No silêncio que fica dos cuidados que um dia me deu sentimentos e desejos Tantas saudades, de pessoas que ela me apresentou, lugares afinal como seria saudade e ter saudade ou sentir saudade como pode fazer isso.

Fazer o que sinhozinho Basílio eu não entendo esse seu linguajar o que o senhor fez.

Na verdade eu deixei de fazer sinhô João quantas realizações e sonhos eu deixei de compartilhar com ela hoje ela tem nomes e significado diferente sinhô João ela, a saudade me faz lembrar-se de uma música de nina que ela cantava para eu antes de dormir. Recordo-me com emoção onde dei meus primeiros passos nesse quintal comecei a me apaixonar pela minha querida Dinda sem ao menos conhecer o sentimento do amor Mas também comecei a vivenciar os problemas dos meus pais Dinda às vezes me dizia que minha mãe sai do quarto para chorar escondida aos redores do casarão sinhô João o senhor acha que quando eu morrer ela vai ficar com saudade de mim como estou sentindo da vó Dinda eu não tenho medo de morrer sinhô João não sei o que nos espera do outro lado, mas não tenho nos países onde passei vi tantas mortes e sofrimentos de pessoas que só queriam um lugar para viver em paz.

Mas que lado Basílio você fala.

O lado espiritual sinhô João de onde ninguém vem para nos dizer se e bom ou ruim.

Vichi que isso Basílio me desculpe, mas que conversa estranha e essa a sua avó Dinda esta sendo preparada para ser velada lá dentro e você com essa conversa estranha você está bem.

Estou e muito bem sinhô João eu aprendi muito de tudo um pouco por onde estive existe um mundo muito mais estranho lá fora vi coisas horríveis sinhô João essa fazenda e um paraíso perto de onde passei, mas vou caminhar um pouco pela fazenda para espanar meu pensamento agradeça o medico da pericia por mim e obrigado pela força e o amparo amigo sinhô João.

Não há de que Basílio eu sou caseiro da família e estou a sua disposição vou acompanhar o medico.

Obrigado sinhô

Sem rumo

Deixei sinhô João sentado e sai a andar sem rumo pela roça esperando pela chegada dos meus pais estava tão contaminado por aquele sentimento de perda que eu não a via a mais de dois anos presenciar a morte de um próximo e tentar compreender os propósitos de Deus e muitas vezes podem ser uma tarefa bem difícil, principalmente quando a tristeza bate na nossa porta porque acabamos de perder um ente querido. Lágrimas passam pelos nossos olhos constantemente e o vazio da saudade aumenta o sofrimento severamente. Hoje a saudade nos faz mais uma visita, mas não vem acompanhada da tristeza como protagonista minha avó me dizia sempre que nos temos um prazo de validade nesse e quando esse prazo chegar vão rezar todos os dias para desencarnar sem sofrimento. Com o coração mais confortado, vou dedicar este dia para relembrar os bons momentos que eu compartilhei com a presença de uma pessoa tão querida que fosse capaz de transformar a minha vida com seus ensinamentos. Que a minha dor e da minha família possa ser diminuída um pouquinho a cada dia e que daqui para frente esta ausência seja capaz de fortalecer ainda mais os laços da nossa família. O vazio que ficou jamais será preenchido, mas com a paz de deus em nossos corações será mais fácil. O céu comemora hoje mais um anjo que chega ao outro lado da vida para alegrar uma pessoa muito querida, que para sempre estará em minha memória e influenciará eternamente a meus passos no resto de vida que tenho. Dizer-lhe adeus e muito difícil esse momento e o mais difícil da minha vida não senti essa dor quando estava prestando serviço voluntario nos médicos sem fronteiras . Meu coração se quebrou em mil pedaços e ainda tento juntá-los, mas com o tempo a revolta e a tristeza que sentia quando sinhô João me contava o que a minha avó Dinda lhe mandou se transformou em uma saudade serena e calma compreendi que quem a gente realmente amou jamais morre, e assim sua memória viverá sempre através de mim, do meu amor e da minha eterna saudade e uma certeza que nasce com todos nós acredito eu, a de que um dia partiremos desta vida rumo ao desconhecido o outro lado e o final verdadeiro que todos nos conhecemos, mas pouco importa o quanto sabemos, o quanto esperamos e tememos esse adeus definitivo. Pois quando ele toca na porta de forma inesperada e leva uma pessoa que nos é querida, a pancada é grande apavorante como agora que minha avó Dinda se foi sem aviso sem tempo para preparar o coração estive mais de dois anos ausente dela deus a deu forças para que ficasse viva ate a minha chegada ou fui eu que tive a oportunidade de chegar a tempo para me despedir posso pensar mil coisas e jamais saberei qual era os planos de deus para minha família vou voltar para casa descansar meu coração e meus pensamentos que já estão remoendo lembranças há horas não sei como vai ser o encontro com meus pais que já estão por chegarem para o velório o dia já esta por acabar estou com um vazio tão grande em meu coração que não tive pensamentos para mais ninguém.

Ao entardecer.

Ao retornar da caminhada o sol já se punha atrás dos montes quando vejo estacionar na frente do casarão um carro enorme e muito luxuoso eram meus pais que voltavam como eu depois de mais de dois anos fui ao encontro antes mesmo que o motorista abrisse a porta eu já aguardava ao lado minha mãe desceu.

Benção mãe.

Deus abençoe meu filho.

Em choros ela me abraçou fortemente me beijou a face afagou meus cabelos por um longo tempo segurou em minhas mãos olhou-me nos olhos e disse-

Porque Basílio o que fizemos de mal a você porque nos abandonou por todo esse tempo fugindo da sua família procurando por mulher te apresentamos tantas e se quer agradeceu

Perdoe-me mamãe eu não queria magoa-los só buscava meus sentimentos próprios.

Va dar benção a seu pai Basílio e não se preocupe em pedir perdão a ele você nos causou muitas tristezas ele culpa você pela morte da mãe dele.

Desculpe-me mãe eu não queria causar toda essa tristeza me perdoe.

Benção meu pai.

Deus a bençoe Basílio essa e a vida que você quer viver causando dor e sofrimento a procura desse seu amor você acha mesmo que amor enche barriga nos estamos trabalhando dia e noite para manter tudo isso eu dei a você todo tipo de estudo nunca lhe faltou nada e esse e seu retorno pelo que fizemos para você não precisa me dizer nada Basílio e um homem inteligente se ainda estiver com os mesmos pensamentos de quando saiu daqui a mais de dois anos sem ao menos se despedir da sua família saiba que não vou aceitar.

O desprezo

Foi tudo que ouvi dos meu pai após desabafar sua ira virou chamou pela minha mãe e adentraram no casarão pareciam maquinas programada que não tinham nenhum tipo de sentimentos me segurei muito, mas não consegui chorei muito Foi um dos sentimentos que mais machucou o meu coração foi ser desprezado pelos meus pais uma agressão corporal ou moral é uma situação horrível, mas o desprezo é pior e frio, silencioso, machuca e vai até a alma como esse sentimento destrói nossas vidas quantas pessoas humilhadas, deprimidas, tudo por causa do desprezo e a mulher que despreza o marido, o marido que despreza a mulher pais que desprezam filhos, filhos que desprezam os pais enfim, esse sentimento banal tem roubado a inocência da minha vida tudo isso pelo fato de não ter aceitado me casar com uma esposa ajeitada por eles o amor e meu esse sentimento só eu sinto o desprezo, seja de forma boa ou ruim não leva ninguém a lugar algum só leva à infelicidade e tristeza e o que estou sentido nesse momento não tem propósito algum para a vida acho que o desprezo esteja dominando minha vida, situações distintas têm brotado em meu coração a solidão tem me entristecido o amor a bondade que eles me ensinaram na minha infância se perdeu com o passar do tempo .Na boca da noite começou a cair uma garoa calma as pessoas tentam se ajeitar ao redor do caixão que enfeitava o salão que foi preparado para ocasião ouviam se murmúrios e mais murmúrios lembranças da vó dinda as pessoas aproveitaram para por em dia as conversas do cotidiano meus pais se insolaram em um canto do salão como se ninguém mais existisse inexplicável inquietos como se o ambiente os incomodasse eu sentei ao lado do caixão e voltei ao passado em pensamentos esqueci do mundo menos da minha

avó dinda que já não estava mais conosco eu estava
em um ambiente onde a vida terminava seu circulo
olhava as pessoas ao redor cada uma com sua
historia de vida e eu com mais de trinta anos ainda
virgem não por falta de motivação do meu pai Eu
ficava triste magoado quando ele me levava aos
prostibulo da cidade quando eu entrava no quarto
com a acompanhante eu a pagava e pedia a ela para
contar historia de sua vida por mais de dez anos
fazendo suas vontades para ele acreditar mesmo que
eu estava fazendo sexo por dinheiro as vezes ele
dizia ter duvidas da minha opção sexual por não ter
uma namorada mas quando conversava com minha
avó dinda ela me fazia acreditar no sexo com amor
e a não se envolver com alguém e dar esperança a
um sentimento que não existiam para que não
criassem sonhos com seus sentimentos mentirosos
eu não conseguia enganar e brincar com
sentimentos alheios das mulheres quando voltei em
mim o sol já despontava no horizonte eu como um
zumbi sai a perambular pelo casarão sem rumo
buscando por meus pais andei por todo casarão
sinhá Maria percebe minha aflição e chama ao lado.

-Sinhozinho Marcos esta procurando pelo patrão
sinhô Antônio e sinhá Helena.

 Sim sinhá Maria os viu por ai eu cochilei quase a
noite toda estava muito cansado.

Sim sinhozinho Marcos eles falaram que não
estavam se sentindo bem e foram para o hotel para
descansar e agora de manha iriam à funerária para
acertar o horário do sepultamento pediram para

deixar o senhor descansar que avisasse assim que despertasse.

Obrigada sinhá Maria

Inicio do dia do funeral até aqui vivemos juntos passamos vilas e cidades, cachoeiras e rios, bosques e florestas. Não faltaram os grandes obstáculos diários foram às cercas quando criança me ajudando a transpor as subidas e descidas foi realidade sempre presente juntos nos percorremos retas, nos apoiamos nas curvas, descobrimos segredos desse mundo chegou o momento de cada um seguir viagem sozinha que as experiências compartilhadas nessa caminhada até aqui sejam a alavanca para alcançarmos a alegria de chegar ao destino projetado. A minha saudade e a nossa esperança de um reencontro aos que por vários motivos nos deixaram seguindo outros caminhos o meu agradecimento àqueles que, mesmo de fora, mas sempre presentes sempre a quiseram bem e nos apoiaram nos bons e nos maus momentos dividam conosco os méritos desta conquista, porque ela também pertence a vocês uma despedida é necessária antes de podermos nos encontrar outra vez que nossas despedidas sejam um eterno reencontro benção minha avó obrigado a todos os presentes nesse momento de dor deus abençoe foi tudo que consegui falar àquelas pessoas que estavam presente ao enterro da minha avó antes que fechassem o caixão pela ultima vez.

Passavam-se do meio dia ainda no cemitério meus pais me chamam para uma conversa eu os abandonei não tinha cabeça para dialogo naquele momento disse que estaria no casarão a espera deles então acompanhei sinhá Maria e sinhô João para casa cheguei desabei na cama vindo a acordar no final da tarde com a voz de sinhá Maria.

Acorda sinhozinho seus pais estão ai querem conversar.

Já vou sinhá Maria.

Sente-se Basílio estive conversando com sua mãe e decidimos que o melhor para você nesse momento e ter alguém para tentar amenizar a perda da sua avó vamos para a capital trabalhar conosco tem uma bela moça de família conhecida na capital sua família querem conhece-lo.

Mãe eu não quero que vocês decidam o que meu coração quer e a família que devo ter vocês não podem tentar viver sentimentos alheios eu não sou feliz com a felicidade de vocês eu não vou fazer isso brincar com sentimentos das pessoas quando eu encontrar alguém que se sinta feliz por estar em minha companhia por mim e não por aquilo que tenho eu vou saber esse momento.

Eu falei Helena era tempo perdido ele não mudou nada a minha mãe e a pessoa que ele obedece mesmo não estando mais aqui não vai perder tempo mais com um homem barbado com mais de trinta anos que não gosta de mulheres e acredita em sentimentos de adolescentes.

Muito bem Basílio e isso mesmo que quer para sua vida vá então procurar uma mulher que te faça feliz o seu pai vai mandar uma família da capital que nos presta serviços para cuidar da fazenda vai te sobrar tempo para isso.

Obrigada mamãe assim que chegarem eu irei embora mandarei noticias minhas para sinhá Maria de onde estiver sua benção mãe sua benção meu pai me desculpe por não ser igual ao senhor.

Deus te abençoe- deus te abençoe meu filho.

Como se fossemos desconhecidos entrou no seu carro luxuoso que já aguardara e se foram parecíamos não ser uma família não falavam sobre isso tudo era negocio me restando apenas os vários colaboradores que prestavam serviços na fazenda e o casal sinhá Maria e sinhô João que a partir daquele momento eu havia os adotado como meus pais sem que soubessem.

Alguns dias depois.

Na semana seguinte chega um senhor com sua família com duas crianças pequena para ser o novo administrador da fazenda os recebi e passei para ele qual seria seus afazeres, uma semana depois convidei sinhá Maria e sinhô João eu me despedia o sol mal surgia no horizonte o taxi já me aguardara em frente a porteira da fazenda.

De novo sinhozinho Basílio essa vida de cigano num canto em outro se lembre de eu quero conhecer seu primeiro filho esteja onde estiver lembre-se disso.

Vou me lembrar de sinhá Maria a senhora cuidava da minha avó dinda vocês conversavam muito e agora eu só tenho a senhora para me falar dela não quero perder esses conhecimentos pelo menos uma vez por mês vou escrever uma carta para a senhora.

Porque não usa o telefone e mais rápido sinhozinho.

Não sinhá Maria eu não quero não vou usar telefone posso parecer um pouco primitivo, mas e melhor assim notei que ela tentava disfarçar, mas corriam lagrimas em seus olhos fala para o sinhô João que vou sentir saudades.

 Eu falo sinhozinho vá com deus a antes que eu me esqueça tem varias correspondências que chegaram durante   sua   ausência   me   deixe   busca-las rapidamente.

Alguns minutos depois.

Já dentro do taxi sinhá Maria me entrega um pacote com vários envelopes a caminho da rodoviária comecei a revisa-los para quem acabara de sair de casa sem rumo mais uma vez antes mesmo de chegar a rodoviária já tinha um destino Senador José Bento era minha próxima moradia encontrei um documento de chamado para tomar posse de uma vaga de trabalho como medico pediatra um concurso publico que tinha realizado poucos dias antes de sair para prestar serviços voluntários nos medico sem fronteiras já nem me lembrava mais ao chegar a rodoviária não tinha duvidas meu destino seria a prefeitura da cidade de Senador José Bento A cidade ficava a pouco mais de meio dia de viagem de Araxá dizem que quando nascemos nosso destino nesse mundo já esta escrito no livro da vida eu não acredito por que se fosse verdade o meu seria fora do normal tantos lugares tantas pessoas e eu não sei qual e o meu com mais de trintas anos quanto mais ando e viajo mais perdido me sinto estou a procura de um motivo para viver meus sentimentos tenho tudo de coisas materiais mas não me trazem felicidade o sol desaparecia discretamente no horizonte quando eu desembarcava em Senador Jose Bento procurei por uma pousada para descansar.

Pela manha fui à prefeitura para tomar posse da vaga e conhecer o local de trabalho conheci pessoas maravilhosas, mas uma delas deixou aquela primeira impressão que nunca mais esquecemos dona Rita era uma funcionaria municipal mais antiga da prefeitura quase a ponto de se aposentar me disse doutor Marcos os documentos estão em ordem seja bem vinda à cidade o senhor tem três dias para organizar sua mudança e começar a trabalhar aqui este e o endereço do posto de saúde em qual vai atender a comunidade se precisar algo estou à disposição.

Obrigada dona Rita eu estou em uma pousada aqui próxima se precisar falar comigo ligue e peça pelo seu Pascal já o deixei avisado eu estou sem telefone.

Tudo bem eu conheço o Pascal dono da pousada viúvo tem um casal de filhos que estuda na capital vive solitário com seus três empregados na pousada sabe da vida de todos por aqui doutor a cidade e pequena todos se conhecem e pelo jeito o senhor e como eu a tecnologia e boa, mas somente para trabalho.

Não brinca dona Rita finalmente encontrei alguém que pensa como eu a respeito da tecnologia ganhei o dia ate mais dona Rita.

Ate mais doutor Marcos.

Antes do meio dia despedi-me da dona Rita e sai para conhecer a cidade e o local onde iria trabalhar não tinha mudança para ajeitar apenas uma mochila com poucas mudas de roupas que já havia deixado na pousada do seu pascal.

Bom dia seu Pascal.

Bom dia doutor Marcos madrugou hoje não vi o senhor saindo.

Pois c scu pascal eu tinha um compromisso na prefeitura fui levar meus documentos para tomar posse, mas como o senhor sabe que sou medico ontem não deu tempo para conversarmos.

E mas aqui nessa cidade as pessoas sabem mais da nossa vida do que nos mesmos o lugar e sossegados poucas novidades surgem por aqui doutor e eu acredito que o senhor vai ser o centro das atenções por aqui.

Que bom saber disso seu Pascal vamos sentar juntos para o almoço eu conto minha vida para o senhor e o senhor fala-me da cidade.

 Não vou almoçar agora, mas vou lhe fazer companhia enquanto isso eu falo um pouco da cidade bom o município de Senador José Bento é um pedacinho do céu aqui na terra doutor com seus moradores esses morros o sossego o tempo para, bem no coração de Minas Gerais. Este pedacinho de terra começou a ser conhecido em trinta de dezembro de mil novecentos e sessenta e dois houve a emancipação de Senador José Bento pelo governador de Minas Gerais desmembrando o município de Congonhas o município de Senador é muito rico em pontos turísticos naturais, ligado com as montanhas que são abundantes na região o pico da bela vista é o ponto mais alto de Senador, no cimo da montanha que faz divisa com o município de Ipuiuna. O cume da montanha termina com uma pedra muito grande, que pode ser vista de longe olhe doutor naquela direção o cume pode ser visitado sem grande sacrifício e maravilhoso no dia de sol quando quiser visita-los posso ser seu guia doutor.

Obrigado seu Pascal vou me lembrar disso quem sabe depois que me acomodar por aqui.

A então o senhor vai ficar por aqui vai morar na cidade.

Sim seu pascal eu moro em Araxá e um pouco longe vai ser conveniente para eu arrumar um lugar por aqui.

Então fique aqui na pousada doutor eu peço para ajeitar um quarto para o senhor lá nos fundos discreto sem incomoda coes roupa e comida por um valor mensal bem acessível para o senhor que esta iniciando sua carreira em uma cidade pequena eu sei que as dificuldades financeiras também vêm juntas.

Tudo bem seu Pascal fechamos vou aceitar sua proposta obrigada pela oferta foi sua recepção essa comida maravilhosa que me fez lembrar-se da minha finada avó Dinda mc convenceu.

Obrigado então eu vou pedir para ajeitar seus aposentos doutor da licença.

Todo seu Pascal eu percebi naquele pequeno espaço de tempo como somos surpreendidos com momentos e pessoas em nossas vidas surgem do nada com se já fizessem partes das nossas vidas há tempos seu pascal um senhor de mais ou menos sessenta e cinco anos sempre sorridente alto magro de cabelos grisalho muito conversador simpático e atencioso talvcz por não tiver uma família para compartilhar suas realizações foi um pouco do que me veio nos pensamentos em pouco menos de uma hora em que estivemos juntos no almoço, mal terminei o almoço seu Pascal voltara a me dizer.

Já ficaram pronto seus aposentos doutor Marcos Basílio seja bem vindo a esta cidade a pensão e a minha família.

Obrigado seu pascal pela rapidez em seguida vou descansar para planejar meu inicio de trabalho depois de amanha fiquei impressionado com os aposentos que ajeitaram para mim era um terreno enorme com um casarão com vários quartos de tamanhos diferentes todo em madeira de lei, mas lá no fundo do terreno separado estava meus aposentos mais parecia uma suíte uma meia agua completa eu fiquei encantado com o aposento eu o agradeci e me deitei e comecei a fazer uma reflexão da minha vida o destino estava me agradando para quem há poucos dias não tinha uma família e hoje estou com amigos e pessoas que me aceitam como a pessoa que eu sou um medico pediatra em inicio de carreira em um pequeno município do interior de minas Gerais.

Primeiro dia de trabalho

Dois dias depois saia da pensão do seu Pascal em direção ao posto de saúde para meu primeiro dia de trabalho era um prédio antigo de alvenaria verde ficava a duas quadras da pensão havia uma sala para mim e outra para o clinico geral eu já tinha feito uma visita logo que cheguei à cidade o doutor Pedro me disse na ocasião que era seu ultimo ano já havia

encaminhado seus documentos para aposentadoria
duas enfermeira e uma recepcionista e o motorista
da ambulância seu Carlos essa era equipe com que
iria trabalhar daquele dia em diante já os conhecia,
mas logo na chegada fui surpreendido com uma
recepção de bem vindo àquela unidade de saúde
bom dia doutor seja bem vindo.

Olá doutor.
Oi, tudo bem?
Tudo ótimo. É muito bom estar aqui e reencontrar
vocês.
Olá — Eles sorriram e me cumprimentaram com
aperto de mãos e um longo abraço.
Oi, tudo bem doutor? — Mal podemos acreditar que
finalmente temos um pediatra, não timos há anos.
Tudo ótimo que bom ouvir isso — Abri um sorriso
ainda maior — É muito bom estar aqui — E então
eu abracei a todos como se fossem membros da
família.
Oi, doutor Pedro, como vai?
Muito bem doutor Marcos, o que vai precisar hoje?
Muita informação, jornada de trabalho, pacientes?
Ainda não tenho.
Não se preocupe, vou providenciar.
 Os colegas vão ajudar, faltam poucos minutos para
iniciar os atendimentos.
Tudo bem, eu vou esperar.
Que maravilha pessoal não havia necessidade não
precisava se incomodar, mas obrigado deus
abençoe.

Não precisa ficar constrangido doutor Marcos as pessoas da cidade são muito receptivas e educadas eu também passei por isso quando cheguei a mais de vinte anos.

Verdade doutor Pedro eu notei isso logo que cheguei à cidade estou muito feliz e mais uma vez muito obrigado.

Vem doutor já conheceu os colegas vamos conhecer seu consultório.

Pouco tempo depois estava sentado no meu local de atendimento me gabando dos serviços prestados e nas viagens realizadas com os médicos sem fronteiras para o doutor Pedro que paciente só repetia você e corajoso meu jovem que em seguida se retira para meu primeiro paciente entrar.

Bom dia, senhora seu nome.

Bom dia para senhor, doutor meu nome e Eliza.

Eliza eu olhei o relatório médico da sua filha, a examinei, e pedi um raio x.

Senhora Eliza, os pulmões dela estão tendo dificuldade eles não conseguem mais eliminar liquido naturalmente, então eu terei que inserir um tubo, um tipo de válvula sucção que libera o obstáculo.

Com licença, Doutor Isso significa que eu terei que voltar outras vezes?

Sim, senhora.

Houve um longo silêncio. Pareceu interminável. Então, finalmente, ela me olhou sorrindo.

Desculpa, qual é o seu nome?

Marcos.

Não, o seu nome.

Marcos.

Doutor Marcos... Que nome bonito. Meu nome e Eliza Posso desabafar um pouco?

Claro que sim senhora.

Sabe doutor, eu já estou morta. Você entende?

Desculpa não eu não entendo.

- Eu já morri há dez anos quando o meus pais me abandonaram com uma família que vivo ate hoje como serviçal.

- Eu sinto muito.

- Eu morri com eles. E depois eu morri de novo, há quatro anos, quando os pais dela a abandonaram com esta doença na mesma fazenda. Mas agora eu não preciso mais fingir que sou feliz. Meus pais estão não sei onde, quando me abandonaram disseram que iriam para a capital a trabalho. Eu sinto saudade deles. Qual é o sentido de viver alguns anos, com sofrimento e tanto trabalho para mim e para as pessoas que nos acolheram. Ela não e minha filha doutor, mas ela não sabe. Doutor o senhor não vai ficar ofendido por isso? Eu estou cansada eu estou pronta para me confiar nas mãos de deus e do senhor. Diz-me a verdade, ela vai sofrer?

- Não, senhora.

O senhor pode fazer o que quiser então colocando esse troço nela desde que tire esse sofrimento às vezes ela pede socorro por estar sufocando com uma tosse interminável. Doutor Marcos ela sofre desde quando nasceu e os pais a abandonaram como eu. Eu decidi se o senhor quiser fazer algo, faça, mas não a deixe sofrer mais. Então eu posso ir para casa e tentar dormir a noite, pois todas as noites ela engasga de tanto tossir e escarrar ela não tem lazer ela não vive.

Todas as palavras que ela disse derrubaram as minhas defesas, como se estivesse lapidando um diamante eu esqueci a minha tristeza, da minha raiva e frustração, tudo. Eu me esqueci de anos de estudo, de milhares de páginas que eu havia lido as regras, os fatos. Sentia-me despido e desarmado diante dessa franqueza, dessa informação da morte. Eu me virei para escrever no relatório, para que a enfermeira não visse as lágrimas nos meus olhos. Eu estava tão comovido por todos os lugares do mundo que andei não tinha ouvido um desabafo tão verdadeiro ela me olhava nos olhos com honestidade, eu não sou assim normalmente, mas me comoveu coração despertou-me para vida enquanto pensava.

- Doutor Marcos, isso te emociona?

- Sim, um pouco, senhora.

Desculpe-me.

- Não, isso é bom obrigado.

 Faz eu me sentir importante na vida dela escuta, doutor por gentileza, me faça outro favor identifique o que causa esse mal a ela eu direi a família que nos acolhe eles se irritam quando ela tem essas convulsões .

- Sim, senhora.

- Doutor Marcos, posso te pedir mais uma coisa?

- Claro!

- Não precisa me chamar de senhora eu nem família temos sou eu e Nicole ela me chama de mãe eu não sei o que e ser mãe doutor cuido dela desde quando a mãe dela pariu e a deixou na porta da patroa que me incumbiu de cuida-la o senhor é especial doutor eu sei que chegará longe. Dê-me um abraço, como faria se fosse seu filho - você se importa?

- Claro que não Eliza.

- Eu vou rezar pelo senhor doutor e por Nicole como sempre faço eu espero te ver de novo.

- Eu também Eliza já vou agendar para próxima semana. Obrigado, senhorita.

Obrigado doutor o senhor não imagina o tamanho da minha felicidade quando soube pelo senhor Pascal que estava chegando um medico pediatra no município.

E do seu Pascal dono da pousada que esta falando.

Sim esse mesmo muito generoso sempre me ajuda quando venho trazer Nicole para tratamento já faz uns quatro anos eu fico hospedada na pousada.

Fico feliz em saber disso Eliza eu estou hospedado lá.

Vemo-nos por lá então doutor Marcos me deixe ir já estão liberando Nicole da enfermaria obrigado.

Aquele momento ela era a pessoa mais especial do mundo radiante, confiante, feliz, mãe, puro amor fiquei encantado uma jovem mulher devia ter uns vinte cinco ou trinta anos.

Penso eu sem maquiagem era divina uma beleza natural cativante cabelos vermelhos lisos olhos verdes claros e sorriso tímido, mas verdadeiro pode perceber sua tristeza interna, mas a felicidade em seu olhar e seus poucos sorrisos era verdadeira pelos motivos momentâneos que estávamos passando despertou em mim um grande desejo de não deixa-la ir embora sem antes dizer a ela o que estava sentindo.

Ela me deu a maior lição da minha vida com aquelas palavras simples. A morte é última parte da vida não há necessidade para medo me fez lembrar-me da minha finada avó Dinda, ansiedade ou egoísmo não podem existir coisas que há anos de estudo não me ensinaram me senti tão pequeno ali, frente a essa magnitude o sofrimento faz parte do amor, ele às vezes une mais as pessoas do que o próprio amor. E às vezes, uma palavra bondosa é uma cura mais poderosa do que a droga mais moderna devemos aproveitar essa jornada sem hora marcada.

Pouco tempo depois saia do consultório em direção a pousada enfeitiçado por assim dizer por aquela mulher lembrei-me da minha finada avó dinda que sempre me dizia para tomar cuidado com as paixões desenfreadas do mundo, mas acredito no amor a primeira a vista conheci tantas mulheres por onde andei e que não despertou esse sentimento avassalador como agora. Amor é quando você não consegue descrever o que sente por alguém que acabara de conhecer e quando o seu coração acelera só de ver a pessoa na sua frente eu tentei me controlar na sua presença não sei se ela notou e quando o mundo gira depressa e você não consegue pensar em mais ninguém. É quando ela sorri e você retribui sem jeito amor é quando você me diz-te amo e sente que é recíproco eu não disse, mas pensei o tempo todo só de enxergar o olhar do outro. É quando você imagina uma vida feliz com aquela pessoa e acorda sorrindo para a vida amor é quando você olha tudo a seu redor e pensa nela e quando você não consegue mais controlar os seus pensamentos amor é desejar todos os dias a mesma pessoa acabei de conhecê-la e já estou condenado a esse sentimento sou medico pediatra e confesso que não sei qual e o remédio para esse contagio.

Mal cheguei à pousada seu Pascal.

E doutor esta ficando famoso já ouvi tanto do senhor que mais parece um ator de tevê todos da cidade está vindo aqui saber do senhor.

Olá que bom quando perguntarem a meu respeito só diga aquilo que nos conversamos no almoço do outro dia por gentileza.

 E doutor, mas o senhor não me disse que havia prestado serviços voluntario fora do país e bom ajudar as pessoas.

Pensei que não houvesse motivo em comentar com o senhor obrigado.

Pois e fiquei muito feliz em saber disso, mas Eliza ficou encantada doutor.

O senhor esta de brincadeira não e seu Pascal esta falando da minha vida pessoal para as pessoas sem me consultar.

Desculpa-me doutor e que desde quando Eliza voltou da consulta com sua Nicole ela não parou mais de falar e elogiar o senhor ela diz que não vai mais voltar para casa enquanto não resolver o problema de saúde de Nicole me pediu para ligar para sua patroa na fazenda e avisar que tinha um médico para criança na cidade.

O senhor ligou para família dela só para dizer que tinha um medico para criança no município.

Doutor o senhor não e só um medico para criança para essa jovem e para esse município nunca tivemos pediatra as crianças do interior nem sabem que existem um medico para elas tantas já morreram ate seus pais saberem a importância disso lá na roça quando as crianças tem algum problema de saúde eles apelam para remédios caseiros doutor Marcos e não me fale que o senhor não e importante para-nos.

Desculpe-me qual foi à reação de Eliza quanto a tudo isso.

Disse que deus o enviou na hora certa sua Nicole esta cada vez pior e a família onde ficam já não a querem por lá por pensarem ser uma doença contagiosa e vê no senhor a cura elas moram a quase um dia de viagem na área rural.

Eu pedi alguns exames complementares ate a próxima semana já terei e então posso confirmar realmente qual e a doença e o tratamento a ser feito a Nicole, mas não comente com Eliza seu Pascal para que ela não sofra mais do que já esta.

Este bem Doutor Marcos eu não falarei nada a respeito disso, mas ela esta hospedada aqui como senhor sabe e com certeza vai conversar muito com o senhor.

Obrigado eu falo o necessário a ela vou para meus aposentos descansar um pouco com licença, tentei disfarçar a minha vontade de vê-la novamente, mas seu Pascal era muito observador devia ter notado que eu estava amando uma mulher que havia conhecida há poucas horas.

Poucas horas se passaram ouvi batidas suaves na porta.

Boa noite doutor.

Boa noite Eliza você.

Surpreso doutor eu estava indo jantar seu Pascal me pediu para lhe avisar que o jantar já esta pronto.

Obrigada Eliza posso ter sua companhia no jantar.

Vai ser uma honra para eu poder jantar com o senhor doutor Marcos.

Eliza me faça um favor por gentileza eu sou uma pessoa normal acho que podemos ser mais íntimos sem cerimonia, doutor, senhor esqueça me chame de Marcos ou Basílio vai me deixar mais feliz meu nome e Marcos Basílio fica a seu critério.

Desculpe-me perdão um pouco e pela educação severa que recebi vou chama-lo de Basílio soa melhor para você- porque esta rindo Basílio?

Desculpe-me Eliza e que você me fez lembrar-se de uma pessoa muito querida minha avó Dinda, mas vamos sentar para jantar depois conversamos Nicole esta melhor.

Esta melhor e repousando já se alimentou e tomou os medicamentos.

Fale-me um pouco mais de você Eliza.

Meu nome e Eliza Sampaio têm vinte sete anos meus pais me deixaram na fazenda da família leite quando eu tinha dezessete anos disseram que no ano seguinte voltariam para me buscar já faz dez anos que estou esperando moro a mais ou menos setecentos quilômetros daqui a quatro anos uma família que prestava serviço na mesma fazenda deixou Nicole na porta da patroa eles me entregaram o bebe me disseram para assumir a responsabilidade de cuida-la em troca da estadia não tenho salario, mas eles dão comida e vestimenta quando veio para trazer ela para tratamento o motorista da fazenda nos traz e busca e acerta a despesa do seu Pascal sou educada, honesta, calorosa, calma, gosto de ler, escrever, gosto muito de chocolate gosto de conversar e discutir sobre diversos assuntos, eu não sou muito de sair, mas às vezes saio, gosto de ir a igreja, gosto de cantar no coral, não sou nenhuma Paula Fernandes, mas eu não sou desafinada , gosto de dançar sou cristã, sou um meio termo entre séria e humorada, depende do momento e da pessoa com quem estou eu ainda acredito em amor para vida inteira, só não procuro isso no momento pois agora e Nicole   terminei meus estudos na escola rural tenho dois sonhos fazer uma faculdade e me casar na igreja se for a vontade de deus nossa Basílio já falei quase toda a minha vida para você e a sua nada.

Desculpe-me eu sinto muito e que você me fez voltar ao tempo vou falar um pouco de mim meu nome e Marcos Basílio têm trinta e dois anos sou medico pediatra meus pais moram na capital e estou começando a viver a vida hoje sou um cara simples, procurando as verdades da vida, e o melhor rumo a seguir, ainda estou perdido, mas confiante de que chegarei aos meus objetivos, às vezes me sinto como se estivesse num mundo que ainda não o conheço, tentando achar respostas para tudo, e muitas vezes me decepcionando, o mundo não é um mar de flores, mas também não é nenhum inferno como dizem o segredo é saber como viver amo as pessoas, não que eu seja perfeito, mas tem muita gente que faz coisas absurdas adoro ajudar o próximo, não sou fã de tecnologia somente para trabalho e de vez em quando adoro viajar para passar o tempo, até mesmo ler um bom livro também sou católico praticante se eu for contar toda minha vida para você vai ter que jantar muitas noites comigo.

Não seja por isso Basílio vou estar aqui ate Nicole melhorar e você der alta.

Boa noite Eliza vai repousar eu quero estar bem para o trabalho amanha.

Desculpe-me Basílio não via hora passar tenha uma boa noite.

Aquela mulher estava me consumindo internamente meu coração já estava dominado por aquele sentimento maravilho somente eu poderia entender todos os dias sentávamos para conversar no jantar sobre coisas que parecia que já nos conhecíamos há anos não sei se o destino já havia escrito no livro da vida que estava ali à outra metade da minha felicidade e vários acontecimentos nos colocarão no mesmo ambiente era como se forças invisíveis e misteriosas agissem discretamente a meu favor e o dela já sabendo o resultado da minha felicidade me fazia lembrar sempre da minha querida avó dinda que dizia se acreditássemos profundamente no amor ele chegaria mesmo sendo de formas estranhas, mas que saberíamos que era ele minha rotina medica continuou por mais uma semana ate que chegaram os resultados dos exames de Nicole chamei por Eliza.

 No consultório médico.

-Bom dia, doutor Basílio.

-Bom dia, Eliza como vai?

-Não vou muito bem não, Basílio estou ansiosa e preocupada com Nicole.

Sinto muito te informar, Eliza, Nicole está com bronquite asmática.

- Tem cura?

A bronquite asmática pode ter cura quando a alergia que causa a bronquite consegue ser eliminada e isto pode ser conseguido com o uso de determinadas vacinas indicadas pelo médico pneumologista.

No entanto, em muitos casos, como a alergia não pode ser curada, a asma não tem cura e a pessoa precisa seguir o tratamento por toda a vida porque a asma é grave e num momento de crise, pode ser fatal, porque o ar não consegue chegar até aos pulmões.

Houve um longo silêncio. Pareceu interminável. Então, finalmente, ela me olhou sorrindo discretamente. Obrigada Basílio deus abençoe o que tenho que fazer para continuar esse tratamento.

Não precise se preocupar a noite nos falamos vamos planejar o tratamento para Nicole esta bem esta liberada.

Obrigada você vai me ajudar com Nicole eu não acredito meu deus que noticia boa Basílio muita coisas bonitas não podem ser vistas ou tocadas, elas são sentidas dentro do coração. O que você esta fazendo por mim e Nicole, são uma delas. E jamais esquecerei eu agradeço do fundo do meu coração. Obrigado! Ate mais.

Como ela estava se sentindo grata tinha agradecido a deus pelo fato de eu estar apenas cumprindo minha obrigação àquela atitude me fazia viver. Agradecida por acordar todos os dias e ter motivos para viver agradecida por ter onde dormir e o que comer às vezes a vida nos coloca em caminhos difíceis e parece que são situações que jamais conseguiremos resolver, nesse momento, ao invés de voltarmos nossa mente e agradecer as coisas que já possuímos, reclamamos das coisas que estão faltando o pensamento tem o poder de modificar-se tudo ao nosso redor, então ela estava semeando apenas gratidão, certamente ela iria colher apenas gratidão modificar a forma de pensar e agir com certeza as coisas ao seu redor mudaria também foi o que me veio em pensamentos naquele momento só pensava em alguém para amar quando Eliza se retirava do consultório uma mulher que teria todos os motivos para desprezar aquela criança e estar revoltada pelo o abandono dos pais eu não poderia perder mais um momento se quer eu estava amando apaixonado por ela uma paixão desenfreada que loucura meu deus estar pensando tudo isso.

Sai do consultório tão desorientado que me esqueci de me despedir dos colegas de trabalho em direção à pousada meu coração já estava decidido a se entregar aquele amor mal a conhecia se quer a perguntei se havia alguém em seu coração e tinha decidido lutar pelo seu amor.

Boa tarde seu Pascal tudo bem Eliza esta por ai.

Bom tarde doutor Eliza falou do senhor o tempo todo novamente após ter chegado do seu consultório muito feliz dizendo que sua Nicole iria ser tratada estava tão cansadas que foram repousar pediu para avisa-la quando chegasse.

Que bom – Será posso usar seu telefone e uma ligação importante.

Mas e claro doutor o senhor e da casa use a vontade.

Obrigado – Alo boa tarde sinhá Maria tudo bem.

Estamos bem sinhozinho- Você esta bem deve ser urgente por estar usando telefone estava esperando uma carta sua.

Desculpe sinhá Maria, mas acredito ter encontrado minha esposa e preciso de sua ajuda.

Mas como posso te ajudar tão longe.

Vou lhe contar como conheci como ela e para que eu possa decidir antes que ela vá embora.

Diz-me Basílio-

Após uma longa conversa com sinhá Maria eu chamei Eliza para jantarmos e conversamos sobre meus sentimentos despertados.

Sente-se Eliza

Pensa em uma pessoa com sorte Basílio.

Já pensei Eliza.

Quem?

Eu. Não tem pessoa com mais sorte.

Por que Basílio? Seu bobo.

Porque eu entreguei meu coração pra uma menina mais especial do mundo que esta ao meu lado, não conheço e ela acabou de me chamar de bobo- Eu te amo Eliza.

Não ama, para de brincar nos se conhecemos há poucos dias!

Eu olho para você, e a vejo preenchendo meu vazio. Eu olho para as estrelas e me lembro do brilho do seu olhar. Eu imagino o seu sorriso e acabo sorrindo também. Eu penso todos os dias pela sua ausência mesmo estando aqui. Eu morro de ciúmes de você sem ao menos perguntar a você se o teu coração já tem um amor. Eu não aguento mais isso tudo que vem me corroendo. Eu não aguento mais ficar longe de você.

Isso é brincadeira Basílio não brinque com meus sentimentos já sofro há muito tempo por não ter alguém para dividir meus sentimentos não faça isso fico imaginando você aqui, comigo.

Eu também fico, imagino isso desde o primeiro dia em que entrou no consultório.

O que você imagina Basílio?

Eu casa ,cama, filmes, pipoca, abraços, beijos, cobertor, travesseiros, passeios, brincadeiras, eu você e uma meia dúzia de filhos.

Como?

Como o que?

Como você consegue me fazer à pessoa mais feliz do mundo meia dúzia de filhos e loucura Basílio quem sabe duas meninas e dois meninos?

Tá bom três meninos esqueceu-se de Nicole para ficar no empate onde você gostaria de estar agora?

Ah, em Paris, Londres, Nova York, esses lugares que só vejo na televisão estou brincando. E você?

Queria estar na sua mente, no seu olhar e principalmente no seu coração entre risos brincadeiras e algumas taças de vinho eu cai na fraqueza e a beijei houve resistência.

Disse-me eu acho que você e mais um medico filhinho de papai e mamãe da capital querendo a virgindade de uma menina do interior e depois fazer de conta que não a conhecia quando cruzasse com ela perambulando pela rua tentando curar a doença de Nicole a pedi desculpa pelo atrevimento do beijo eu diante de uma mulher linda vinte e sete anos virgem naquele fim de mundo que desconfiava de tudo eu estava apaixonado então me calei terminamos o jantar pedi que levasse Nicole ao consultório na manha seguinte para retirar os medicamento e verificar alguns exames que havia pedido na capital me desculpei novamente fiquei com medo de tê-la magoada e fui para meu quarto.

No dia seguinte pela manha Eliza entra no consultório juntamente com Nicole com as bolsas de roupas para retorno a fazenda da família leite.

Bom dia Basílio o motorista da fazenda esta nos aguardando para o retorno.

Bom dia meninas aqui esta os medicamentos de Nicole comece o tratamento já pedi mais alguns exames na capital acredito que daqui a uns vinte dias estarão prontos por enquanto ela vai ter suas crise controladas.

Obrigado Basílio me desculpe pelo que falei ontem te conheço a tão pouco tempo e acusei e condenei você então o que você me diria hoje se eu morresse amanhã?

 Dizer eu não iria dizer nada, talvez poucas palavras, mas iria tomar algumas atitudes para tentar transformar os seus últimos momentos em instantes, quem sabe, inesquecíveis.

E que tipo de atitudes você tomaria?

 Eu iria tomar a atitude de buscar te fazer feliz tudo bem que a intenção de ser feliz toma um endereço diferente para cada pessoa, porém, supondo que eu a conhecesse bem, eu iria realizar todos, ou quase todos os seus desejos, além disso, eu iria te mostrar que a felicidade também não ponderia estar somente em algo que você já conhece que você já experimentou, mas, em algo que você um dia se pôs a pensar que pudesse se tornar realidade e nunca teve a chance, ou coragem de fazer por ser assim, eu apareceria do nada como o seu príncipe encantado, não com vestes de nobreza e tampouco com um belo cavalo branco, mas surgiria com todo o meu sentimento, com toda a minha sinceridade e com toda a minha vontade em querer fazer você se sentir feliz por amar e ser amada.

Após ouvir que acabara de falar a ela em silencio pode olhar em seus olhos e ver lagrima descerem pelo seu rosto borrando a pouca maquiagem que tentava esconder as espinhas naquele rosto meigo e sofrido me dizendo apenas adeus Basílio obrigado por nos ajudar voltarei.

Ao fechar da porta sentei engolindo as lagrimas que estava segurando tentando entender o que deixei de fazer para ter aquele amor que foi sem eu saber pra onde.

Após alguns dias seu Pascal notou o meu abatimento chamando-me para conversar acabei desabafando meus desejos de adolescentes por Eliza seu Pascal sorriu me dizendo que no primeiro dia já sabia que eu estava enfeitiçado por aquela mulher e me contou um segredo disse que tinha ouvido um comentário um dia desses da sua empregada que conversava com Eliza logo quando chegou à pousada que havia conhecido um homem com quem viveria o resto da sua vida lhe amando ao indagar quem ela disse o doutor de crianças ,fiquei bravo perguntei porque não havia me dito antes me chamou de covarde e medroso por deixar uma mulher tão bonita ir embora que tinha dado muitos motivos de seus sentimentos mas que tinha vergonha e medo de ser rejeitada.

No dia seguinte pela manha chamei seu Pascal para me acompanhar estava decidido em buscar Eliza não iria aguentar esperar ate sua vinda lembrei-me de minha avó Dinda eu não comentei nada com Eliza, mas Nicole se parecia muito com ela, passava do meio dia quando chegava na fazendo da família leite seu Pascal era conhecido deles fomos recebidos por uma senhora com traços de alemães a cumprimentamos expliquei a situação dos meus sentimentos por Eliza mal me ouviu e indicou uma pequena casa que ficava nos fundos de um bosque andamos alguns metros a avistei que brincava com Nicole elas estavam muito feliz dava para perceber no semblantes delas o tratamento estava dando resultado, seu Pascal muito inteligente   ao chegarmos chamou Nicole para passear no belo jardim que tinha nas proximidades para que eu ficasse a sós com Eliza que me deu um longo abraço e começou a chorar muito me dizendo varias vezes pedi muito a deus por você Basílio tive medo de me entregar a você estava com vergonha de ser desprezada me sinto tão só nesse fim de mundo tinha percebido que quando fui chamado de covarde e medroso ele tinha razão poderia ter evitado todos aqueles dias de sofrimento.

Disse a Eliza que havia ido busca-la juntamente com Nicole para que arrumasse sua mudança ela sorriu me dizendo eu e Nicole têm apenas algumas mudas de roupas e calçados o restante e da patroa meu coração partiu ao se despedir da patroa a mesma deu a impressão que não a queria mais ali agindo com frieza e desprezo.

Voltei a Senador José Bento durante a viagem Eliza me abraçava e beijava ao mesmo tempo acariciava Nicole sem parar aquele sorriso discreto uma felicidade sem tamanho estava me sentindo o homem mais feliz do mundo levando para casa a outra metade do meu coração que por varias parte do mundo havia andado a procura ficamos mais cinco meses morando nos fundo da pousada do seu Pascal esperando nossa casa ficar pronta e se casar com Eliza me pediu muito por essa vontade em morar nesse município onde ela encontrou o seu amor e me lembrava todas as noites sem fazer amor somente depois do casamento eu sorria a beijava e falava eu espero meu amor nosso casamento foi um contos de fada para ela tudo que havia sonhado se realizou convidei minha família mas somente sinhá Maria e sinhô João estiveram presentes conheceram Eliza ficaram encantados com a simplicidade dela e sua beleza novamente tornaram confirmar que Nicole se parecia muito com minha finada avó Dinda três meses depois ao chegar em casa após um longo dia de trabalho Eliza me esperava no portão sorridente e chorando ao mesmo tempo de felicidade me abraça muito forte e me diz baixinho no ouvido estou esperando seu herdeiro Basílio e um varão eu sentei por ali mesmo chorei e agradeci a deus pela família que estava se formando um ano depois de tanto receber cartas de sinhá Maria para levar nosso filho para conhece-la e visitar sinhô João que estava acamado chegamos a fazenda onde nasci e fui criado mas Eliza não sabia que era da minha família ate sinhá Maria nos receber nos levou a casa onde sinhô João estava acamado estava sendo corroído pelo câncer que havia se instalado nos pulmões pelo longo período do uso de cigarro de palha onde pedia todos os dias pela minha presença dizia sinhá Maria enquanto ela contava meus segredos para Eliza sinhô João me contava um que jamais imaginei pediu me para encostar meu ouvido em seu ombro pois já não conseguia mais forças para se levantar com lagrimas nos olhos me pediu perdão por ter. Me Privado tanto tempo daquele segredo dizendo-me que eu era filho adotivo dos meus pais, pois não queriam ter filhos quando se casaram então minha avó os ameaçou de tira-los da herança caso recusassem a adoção e pediu a ele somente para me falar quando estivesse no leito da morte e que se tivesse duvida todos os documentos estariam no cartório da cidade todas as terras pertenciam a mim preferia não ter recebido aquela noticia poucas horas depois sinhô Pedro faleceu na noite do velório quando todos se reunião para dar adeus ao morto o casal que meu pai havia contratado para tomar conta da fazenda entra Eliza tem uma grande crise de choros ao questiona-la me diz baixinho varias vezes são meus pais Basílio esse casal ela pediu para ir ao casarão sem entender aquela reação a levei e no dia seguinte após o enterro ela me chamou para uma visita na casa dos seus pais que ficava nos fundos do casarão me dizendo que na noite anterior não estava preparada realmente eram seus pais eu via seu mundo ao avesso para quem a uns dois atrás não tinha nenhum sentido para viver não sabemos o que o livro da vida nos preparou a deixei sozinha com seus pais não queria opinar naquele mundo onde não sei por que motivo seus pais a abandonaram num fim de mundo daquele ou porque meus pais de tanto interferir em minha vida amorosa me fez ir embora para aquela cidadezinha onde mais tarde conheci Eliza e Nicole comecei então a entender um pouco os erros e acertos que esse mundo nos envolve gostaria de ter a conhecido antes mas o destino não permitiu ela me convidou para que ficássemos mais uma semana na fazenda para tentar recuperar um pouco do tempo que ficou longe da família não procurou saber os motivos que os pais não voltaram a busca-la na fazenda da família Leite estava feliz por ter conhecido seus irmãos depois de uma semana voltamos para casa cada dia que passava mais amor por Eliza sentia o mesmo por mim a todo momento ela me dizia eu te amo muito, muito sou a mulher mais feliz do. Mundo eu continuo morando na cidade e cuidando das crianças essa cidade foi onde comecei a viver minha vida.

Fim

Vanildo Rodrigues Barbosa